DE LOS AMIGOS DE
THE JESTER & PHARLEY PHUND

Que El Bufón & Pharley siempre
pongan una sonrisa en tu rostro
y risa en tu corazón.

FROM FRIENDS OF
THE JESTER & PHARLEY PHUND

May The Jester & Pharley always
bring a smile to your face and
laughter to your heart.

"The Jester Has Lost His Jingle," written and illustrated by David Saltzman,
with an Afterword by Maurice Sendak
Copyright © 1995 by The Jester Co., Inc.
All rights reserved.
First impression 1995, ISBN 0-9644563-0-3
ISBN 13: 978-0-9644563-0-3

"The Jester Has Lost His Jingle/El Bufón ha perdido su gracia,"
written and illustrated by David Saltzman, with an Afterword by Maurice Sendak
Translation by Natalia Aurrecoechea
Copyright © 2012 by The Jester Co., Inc.
All rights reserved.
ISBN 978-0-9644563-5-8

*With special appreciation to Prof. Roberto Ignacio Díaz,
University of Southern California, Department of Spanish*

A JESTER & PHARLEY PRODUCT and THE JESTER CO., INC.

are registered trademarks of
The Jester Co., Inc.
P.O. Box 1044 • Palos Verdes Estates, CA 90274
(310) 265-0119

"The Jester Has Lost His Jingle/El Bufón ha perdido su gracia,"
by David Saltzman is distributed exclusively by
The Jester & Pharley Phund™ • P.O. Box 817 • Palos Verdes Estates, CA 90274
(310) 544-4733 or toll-free (800) 9-JESTER • Fax (310) 377-7935
www.thejester.org

 The Jester & Pharley Phund is a 501(c)(3) non-profit corporation.
The Jester & Pharley Phund is a trademark of The Jester Co., Inc.
Used under license by The Jester & Pharley Phund.
The Phund's mission: To provide educational experiences that
give every child a sense of hope, a feeling of self-empowerment,
a love of learning, the joy of laughter and the desire to live up
to The Jester & Pharley's pledge: *It's up to us to make a difference.
It's up to us to care.*

Summary: A jester and his helpmate wake up to a world without laughter and set out
on a quest to find it.

1. Fools and jesters – Juvenile literature 2. Laughter – Fiction 3. Laughter –
Therapeutic use 4. Life Skills – Juvenile literature 5. Rhyme 6. Quests in literature
7. Bilingualism – Fiction

Library of Congress Control Number: 2011916735

Design Consultation and Production Coordination: Hespenheide Design
Printed in China

First Edition 10 9 8 7 6 5 4 3

The Jester Has Lost His Jingle

By David Saltzman

El Bufón ha perdido su gracia

Texto e ilustraciones de
David Saltzman

Epílogo de Maurice Sendak
Traducción de Natalia Aurrecoechea

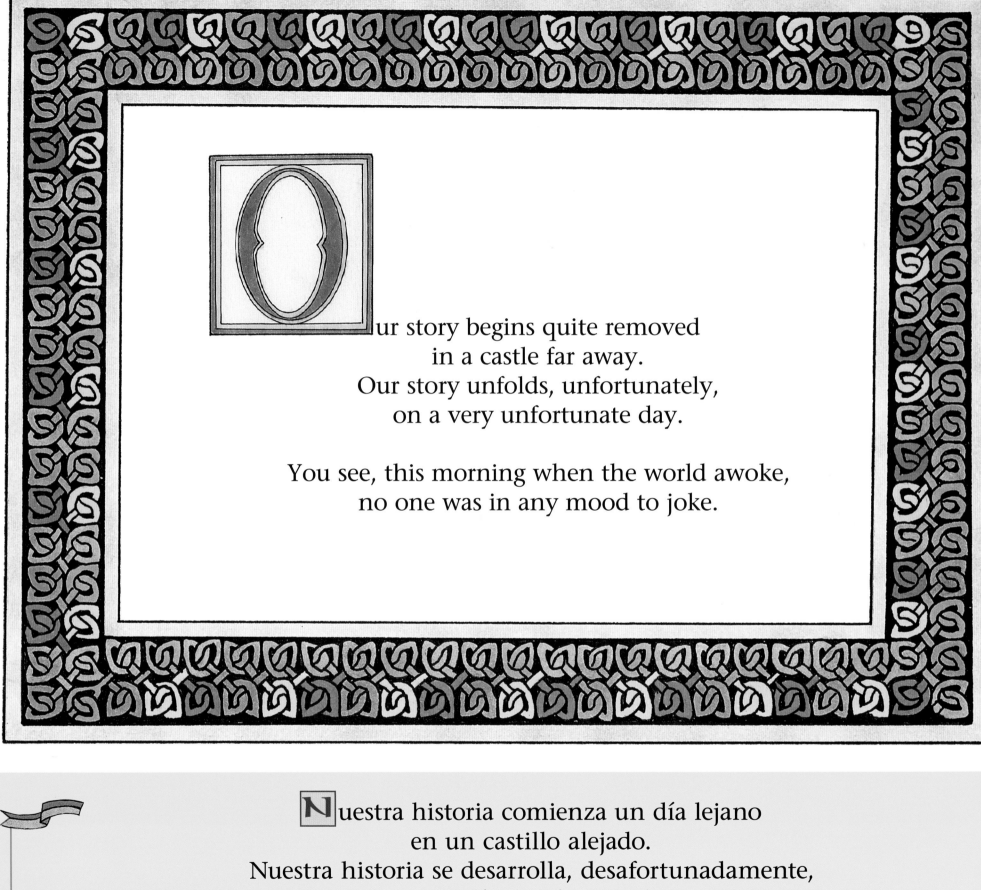

Our story begins quite removed
in a castle far away.
Our story unfolds, unfortunately,
on a very unfortunate day.

You see, this morning when the world awoke,
no one was in any mood to joke.

Nuestra historia comienza un día lejano
en un castillo alejado.
Nuestra historia se desarrolla, desafortunadamente,
en un día desafortunado.

Ya veis, esta mañana cuando el sol se levantaba,
nadie de humor para bromas estaba.

ut one was still happy and bubbled with joy,
for he played with life as you play with a toy.

He would dance to its rhythm,
being light on his feet.
He would sing to its tune,
which was gentle and sweet.

For he was the Jester and gesture would he
to make people laugh and fill them with glee!

Pero había uno que era feliz y
burbujeaba de deleite,
porque jugaba con la vida como
tú con un juguete.

A su ritmo bailaba,
livianas sus piernas.
Cantaba su melodía,
que era dulce y tierna.

Porque él era el Bufón y con un gesto hacía
¡que la gente riera y se llenara de alegría!

He had a special helper,
as any jester should.
A friend by name of Pharley,
a piece of talking wood.

Tenía un fiel ayudante,
como cualquier bufón que se precie.
Un amigo llamado Pharley,
un palito de madera parlante.

He carried Pharley all over.
The two were quite a pair.
They viewed life as a carnival,
a fun-filled, festive fair.

Llevaba a Pharley a cada lugar.
Los dos eran todo un par.
Veían la vida como un carnaval,
un festival sin igual.

ut today when the Jester
broke out in his song,
How could he have known
that something was wrong?

When he started his routine,
and strutted on the stage,
How could he have known
that the King was in a rage?

Pero hoy cuando el Bufón
comenzó con su canción,
¿cómo hubiera podido saber
que algo malo iba a suceder?

Cuando empezó su actuación
y se pavoneó ante su audiencia,
¿cómo podía haber imaginado
que el rey estaba enfadado?

and he walked his funny walk

So he sang his funny song

Así que cantó una canción graciosa

y caminó con pinta garbosa

and he talked his funny talk.

and he danced his funny dance

y bailó una danza chistosa

y habló con voz jocosa.

But nobody giggled.
Nobody yuckled.
Nobody laughed.
And nobody chuckled.

Pero no se escucharon risas.
Ni tampoco hubo sonrisas.

Nadie se carcajeó,
ni de risa se murió.

"The Jester has lost his jingle!"
the King yelled in dismay.
"His bells no longer tingle!
That's all I have to say!"

Then without a thought and on a whim,
the King decided to banish him.

—¡El Bufón ha perdido su gracia!
—gritó el rey consternado—.
¡Sus trucos ya no tienen magia!
¡Esto es todo, el rey ha hablado!

"Banish me, Sire? Don't send me away!
Why is your high Highness
so
down
this
fine
day?"

Y el rey, guiado de su capricho y
sin mucho pensar,
a nuestro Bufón mandó desterrar.

—¿Al destierro, Señor?
¡No me echéis, qué dolor!
¿Por qué está su altísima Alteza
cabizbajo en un día de tanta belleza?

Pero el rey no respondió. Sin decir nada,
con su dedo señaló la puerta de entrada.

But the King gave no answer. He said nothing more,
merely pointed his finger toward the front door.

The Jester walked out slowly, and a tear fell from his face,
for he'd never left the kingdom, never wandered from this place.

El Bufón salió lentamente, y una lágrima por su mejilla cayó,
porque nunca había abandonado el reino, nunca por el mundo vagó.

And once outside, the Jester cried,
"Oh Pharley, I fear
what they say is quite true.
I am no longer funny.
My career is quite through."

"That's nonsense!" claimed Pharley.
"You're still funny, I say.
You were funny last week.
You're still funny today!

It seems a nasty rumor,
but laughter must be dead.
The world has lost its sense of humor,"
Pharley sadly said.

Y una vez afuera, el Bufón lloró:
—Oh Pharley, me temo
que su afirmación es certera.
Ya no soy gracioso.
Ha terminado mi carrera.

—¡No es verdad! —exclamó Pharley—.
Todavía eres gracioso, yo diría.
Fuiste gracioso la semana pasada.
¡Aún eres gracioso este mediodía!

Parece un feo rumor,
pero la risa debe haber muerto.
El mundo ha perdido el sentido del humor
—dijo Pharley con un lamento.

"Then it isn't me at all!
It's the world that must be sick.
We must find that sense of humor,
and bring it back here quick!"

So off they went, our fearless two,
to bring back laughter, back to you.

—¡Entonces no soy yo el problema!
El mundo tiene una enfermedad.
Tenemos que encontrar el sentido del humor,
¡y traerlo a toda velocidad!

Y allá se fueron nuestros dos valientes,
a traer la risa de vuelta a ustedes, sus oyentes.

Their journey was long,
and their journey was rough.

Larga fue su andadura,
y difícil, no cabe duda.

But the Jester was strong,
and the Jester was tough.

Pero el Bufón era fuerte,
y el Bufón tenía la piel dura.

near.

They looked far and near.

Miraron de cerca y de lejos.

They looked far and wide.
They looked everywhere that laughter might hide.

Miraron a lo largo y a lo ancho.
Miraron en cualquier lugar donde la risa escondida pudiera estar.

Buscaron bajo las rocas y en las copas de los árboles, buscaron en todas las esquinas.

They searched in every corner, under rocks and up in trees.
They peered into the heavens and gazed deep beneath the seas.

Otearon los cielos
y también las profundidades marinas.

They wandered through the country,
through meadows lush and pretty.

Vagaron por el campo,
a través de praderas hermosas y exuberantes.

They came upon a gleaming bridge that led into a city.

Y llegaron a una ciudad cruzando un puente brillante.

They looked in vain for flowers.
They heard no songs of birds.

But saw lots of angry faces
and heard lots of bitter words.

"Everyone here is so moody.
Everyone here is so mean.

I must confess this city
is the saddest place I've ever seen.

Maybe someone here can tell me.
Maybe someone here might know.

How come people aren't laughing?
How come spirits are so low?"

 En vano buscaron flores,
en vano el canto de los
pájaros.

Pero sí vieron caras de
enfado por cientos
y oyeron hablar con
resentimiento.

—Aquí todo el mundo
está de mal humor.
Aquí todo el mundo
es tan mezquino.

Esta ciudad es, debo confesar, el sitio más triste que podía imaginar.

Quizá alguien pueda decirme.
Quizá alguien pueda saber.

¿Cómo es posible que la gente no se ría?
¿Cómo es posible que no haya alegría?

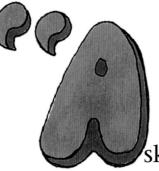
sk that man," Pharley motioned, "that man over there,
the thin one in the alley with the tangles in his hair."
"Okay," said the Jester, "I'll give it a go...
Why are you not laughing sir? I'd really like to know."

"It's kind of hard to laugh or joke
when you're unemployed and completely broke.
I have no job. I have no money.
So tell me, Jester, what's so funny?"

"Oh Pharley, I fear, it's much worse than I thought.
Is laughter something these people forgot?"

—Pregunta a ese hombre —indicó Pharley—, el que está allí sentado,
el hombre delgado que está en el callejón con el pelo enredado.
—De acuerdo —dijo el Bufón—, voy a hacerlo...
¿Por qué no se está riendo, señor? Me gustaría mucho saberlo.

—Es difícil reír o bromear
cuando eres pobre y nadie
te va a emplear.
No tengo trabajo. No tengo dinero.
¿Dónde está la gracia, Bufón, te inquiero?

—Oh Pharley, me temo
que es mucho peor de lo que pensaba yo.
¿Es la risa una cosa que esta gente ya
olvidó?

—¡Imposible! —gritó Pharley—.
Me niego a
aceptar algo así.

Pregunta al hombre
del maletín,
el que está
fumando ahí.

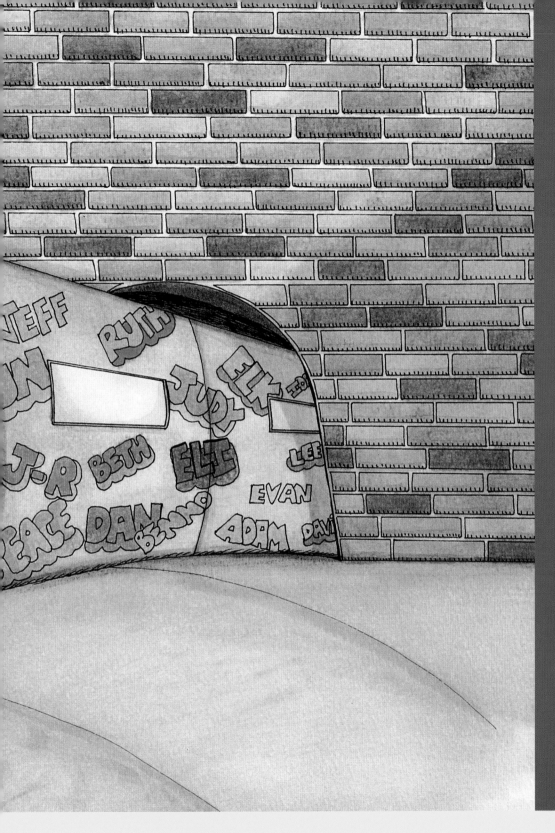

"Impossible!" cried Pharley.
"Why, that's news
I couldn't bear.
Ask that man with
the briefcase,
blowing smoke
into the air."

"Okay," said the Jester,
"I'll try another try…
It seems you don't
believe in laughing, sir.
Can you please
tell me why?"

—De acuerdo —dijo el Bufón—,
voy allá deprisa…

Señor, ¿podría decirme
por qué usted
no cree en la risa?

—¡Risa! ¡JA! ¡Deja que me ría!
¡Es lo mejor que he oído en años!
El mundo no es un lugar divertido.
Está lleno de penas y desengaños.

augh! HA! That's a laugh! The best I've had in years!
The world is not a funny place. It's filled with pain and tears.

Don't you read the papers? It's all there in black and white.

Everything is going wrong, and jokes won't make it right.

I have no time for laughter. I have no time for you.
I'm sorry that's the way things are...

There's nothing YOU can do!"

¿No lees los periódicos?
Está todo ahí escrito.

Todo va mal en el planeta,
y las bromas no arreglarán la papeleta.

No tengo tiempo para reírme.
No tengo tiempo para ti.
No hay nada que puedas hacer...

¡Lo siento pero las cosas SON así!

"Don't believe him," Pharley said. "We know he must be wrong.
Our search for laughter must continue. Time to move along."

The Jester looked up to the sky as he let out a woeful sigh.
He fought back tears and shook his head, then with determination said,

"There must be someone somewhere with a smile upon their face.
There must be someone cheerful in this cold and lonely place.

Say, look at that tall building...perhaps we'll find the answer there.
It's up to us to make a difference. It's up to us to care."

—No le creo —dijo Pharley—.
Debe de estar equivocado.
Nuestra búsqueda de la risa
debe continuar.
Es hora de ir a otro lado.

El Bufón al cielo miró
y con suma tristeza suspiró.
Se tragó las lágrimas y sacudió la cabeza,
entonces dijo con entereza:

—Debe haber alguien en algún lugar
con una sonrisa en la boca.
Debe haber alguien alegre
en esta ciudad fría y remota.

Por ejemplo, mira ese edificio alto...
quizá encontremos lo que buscamos.
Sólo nosotros podemos cambiar las cosas.
Está en nuestras manos.

"What of her?" asked Pharley.
"That little girl in bed?

The one who looks so fragile
with the bandage on her head?"

"Hello, little girl," the Jester said.
"My! How do you do?

I wonder if you can tell me,
how come laughter's not with you?"

—¿Qué tal ella? —preguntó Pharley—.
¿La niña que está postrada?

¿La que parece tan frágil
con la cabeza vendada?

Y dijo el Bufón: —¡Hola, pequeña!
¿Cómo te encuentras?

Me pregunto si puedes decirme,
¿por qué no se te ve risueña?

The little girl looked up and her eyes were opened wide.
She turned slowly to the Jester, and she quietly replied.

"Here I lie, I have a tumor...
And you ask me where's my sense of humor?

I've been very sick.
I'm so tired of trying.

I don't feel like laughing.
I just feel like crying."

La niñita levantó la mirada,
muy abiertos los ojos.
Se volvió lentamente
hacia el Bufón,
y contestó sin enojo:

—Aquí estoy tendida,
tengo un tumor...
¿Y tú me preguntas
dónde está mi sentido
del humor?

He estado muy enferma.
Estoy cansada de intentar
ponerme buena.
No tengo ganas de reír.
Sólo ganas de llorar de pena.

"Sometimes I feel like crying too,"
the Jester whispered in her ear.
"But instead of letting teardrops fall,
I make them disappear.

Whenever I feel like crying,
I smile hard instead!
I turn my sadness upside down
and stand it on its head!

When I get sad or lonesome,
or when I get depressed,
that's when I sing my loudest
and dance my very best!"

—A veces yo también tengo ganas de llorar
—susurró el Bufón en su oído—.
Pero en lugar de dejar mis lágrimas caer,
las hago desaparecer.

Cada vez que tengo ganas de llorar,
¡sonrío de lado a lado!
Pongo boca abajo mi tristeza
y me siento en su cabeza!

"So won't you try it, little girl?
Won't you laugh with me?
We'll start off very slowly
with a tiny Tee-Hee-Hee."

Cuando me siento triste o solo,
o cuando estoy deprimido,
¡entonces canto bien alto
y bailo hasta caer rendido!

—¿Por qué no lo intentas, pequeña?
¿No te gustaría reírte conmigo?
Empezaremos muy lento
con un Ji-Ji contento.

So he sang his funny song

and he walked his funny walk

Así que cantó una canción graciosa

y caminó con pinta garbosa

and he talked his funny talk.

and he danced his funny dance

y bailó una danza chistosa

y habló con voz jocosa.

And from the room, there came a giggle, which echoed down the halls.
And soon there came another,
which bounced up and down the walls.

The giggle became a snicker,
which grew into a guffaw,
which soon became a chuckle that transformed into a HA!

Y desde la habitación salió una risita,
que por los pasillos resonó.
Y enseguida vino otra,
que como una pelota rebotó.

La risita se convirtió en una risa,
y después en carcajada,
que dio paso a un —¡JA!—
para convertirse en risotada.

The Jester was
beside himself.
He grinned a
great big grin.

He hugged
and thanked
the little girl,
and kissed her
on the chin.

El Bufón estaba dichoso.
Y lucía una sonrisa feliz.

Abrazó y dio las gracias a la chiquilla,
y la besó en la barbilla.

Pronto la risa escapó por la ventana,
creciendo con fuerza al volar.

¿No la oyes venir?
Casi te va a tragar.

Soon laughter leaped right out the window,
growing louder as it flew.

Can't you hear it coming?
It's about to swallow you.

It spread to every corner.
It filled up every space.

Smiles popped up everywhere!
Can't you feel one on your face?

Se extendió por cada esquina.
Llenó todos los espacios.

¡Asomaron sonrisas por todas partes!
¿No sientes una en tus labios?

As the Jester ran back to the kingdom,

he carried rainbows in his hand.

Cuando el Bufón regresó corriendo al reino,
un arco iris en la mano llevaba.

And as people started laughing,

colors spread across the land.

Y cuando le gente se empezó a reír,
el color se extendió como la lava.

Entró saltando en el palacio
y al Rey y a la Reina abrazó.

Les dijo: —Oh, mis altísimas Altezas,
¡no creeréis lo que hemos visto
Pharley y yo!

He leaped into the palace and he hugged the King and Queen.
He said, "Oh, my high Highness, you won't believe what we have seen!

Laughter isn't missing! Why, it isn't even dead!
Pharley and I have found it!" the Jester proudly said.

¡La risa no está muerta!
¡Qué va, ni siquiera está perdida!

¡Pharley y yo la hemos encontrado!
—dijo el Bufón con orgullo justificado.

"We've found where it's been hiding.
We've discovered where it's been.
It's hiding inside everyone!
It's buried deep within!

Laughter's like a seedling,
waiting patiently to sprout.
All it takes is just a push
to make it pop right out."

—Hemos encontrado dónde ha estado escondida.
Hemos descubierto su centro.
¡Está escondida dentro de cada uno!
¡Enterrada bien adentro!

La risa es como un retoño,
esperando pacientemente
a crecer.
Sólo necesita un empujón
para hacerla florecer.

"Don't keep it imprisoned
or locked out of sight!
Quickly release it!
It won't hurt or bite!"

So the King said,
"I'll try it...I'll give it a go."
And, all of a sudden, out popped a "HO!"
"That's it!" yelled the Jester.
"Just let it flow!"

And it flowed.

And it flowed.

And it flowed.

—¡No la tengas prisionera
ni la tengas encerrada!
¡Libérala con rapidez!
¡No te morderá ni te hará nada!

Así que el Rey dijo:
—voy a intentarlo...allá voy.
Y de repente, un —¡JO!— estalló.
—¡Eso es! —gritó el Bufón—.
¡Déjala salir, Señor!

Y salió.

Y salió.

Y salió.

nd soon EVERYBODY started giggling!
EVERYBODY started yuckling!
EVERYBODY started laughing!
And EVERYBODY started chuckling!

¡**Y** enseguida TODO EL MUNDO empezó a reírse!
¡TODO EL MUNDO se carcajeó!

¡TODO EL MUNDO comenzó a divertirse!
¡Y TODO EL MUNDO se alegró!

"My Jester, you have done it," said the King. "You've saved the day! You've brought back love and laughter and helped us find the way!"

—Mi Bufón, tú lo has conseguido
—dijo el Rey—. ¡Has hecho una proeza!
¡Nos has devuelto el amor y la risa
y nos has quitado la tristeza!

And
when the Jester
heard these words,
he smiled and started singing.
He somersaulted in the air,
for his bells again were ringing!

Y cuando el Bufón oyó estas palabras,
sonrió y comenzó a cantar.
Dio una voltereta en el aire,
¡pues sus cascabeles habían vuelto a sonar!

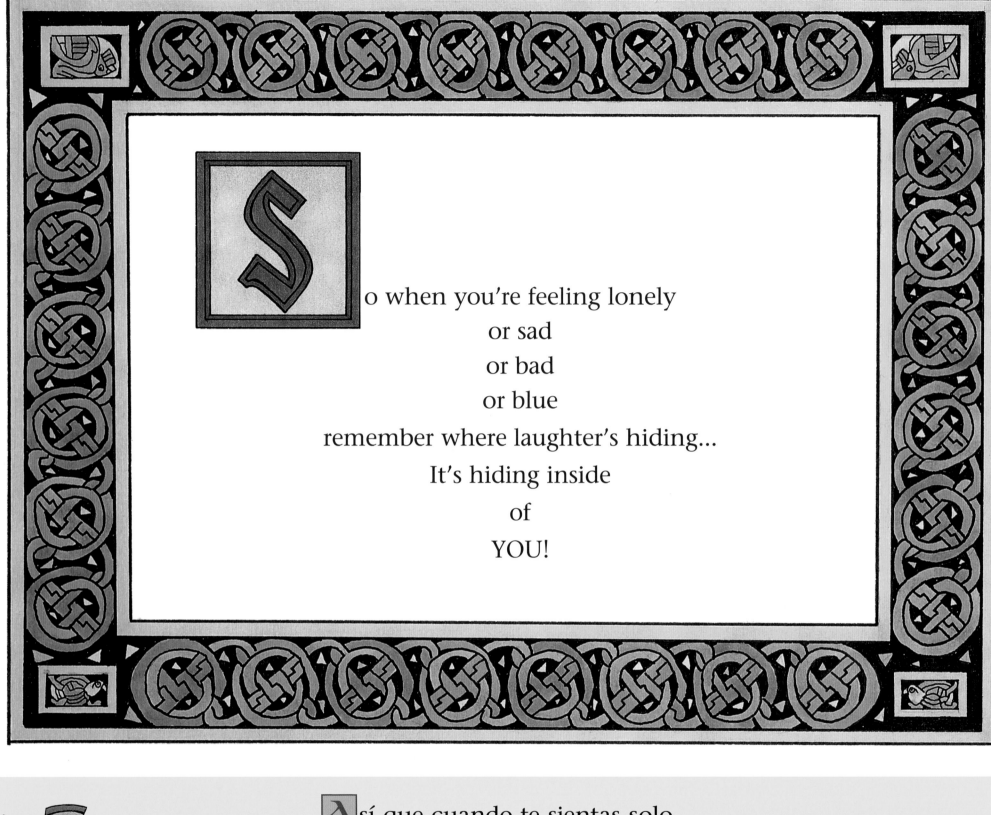

So when you're feeling lonely
or sad
or bad
or blue
remember where laughter's hiding...
It's hiding inside
of
YOU!

Así que cuando te sientas solo
o triste
o mal
o así así

recuerda dónde se esconde la risa…
¡Se esconde dentro
de
TI!

Author's Note

One day during the summer, I walked into the classroom in a very good mood. I was very happy, whistling as I walked. When I arrived into class, I made a silly joke. And nobody laughed. Everybody else was in a horrible mood, caught up in their own lives, their own work, their own problems.

Now I knew that the joke was not very funny, but nobody even smiled or said hello. They just kept to themselves and looked down at the table. My good mood soon became one of depression, rejection and disappointment. I decided to sit silently like the others, thinking to myself how quickly moods change.

I started drawing and, as usual, did not know what I was creating, letting my hand create on its own accord. It turned out to be a very sad-looking face, humped over, trying hard to carry its own weight. I randomly added triangles to his head and, after staring at what I had just made, realized that it looked like a little jester. I added the words next to it: "The jester has lost his jingle."

And thus, the Jester was born.

It is rare for a character of your own creation to come to your aid. Yet, my Jester did just that. During the fall of my senior year at Yale, I was diagnosed as having Hodgkin's disease, a cancer of the lymphatic system. Upon hearing the news, I went out to a patch of lawn, sat by a tree, and cried.

As I sat there crying, I listened to my sobs, thinking how much they sounded like my laughs. And suddenly, one of the lines I had written during the previous summer popped into my head: "Here I lie, I have a tumor...And you ask me where's my sense of humor?" And that was when my Jester came to me. He literally walked over to me, put his hand on my shoulder and with a concerned look said: "David, how come you're not laughing? Your cries sound just like laughs, so why not laugh instead of cry?" I thought about it for a second and then repeated the question to myself: "How come I'm not laughing?"

So I got up from the pile of dead leaves that surrounded me, wiped my face dry of its tears, and walked off laughing at how silly and scary and wonderful this world of ours is.

He came to help me in my time of need, and my hope is that, if you let him, he will come alive within these pages and help you too.

DAVID SALTZMAN

March, 1989

Nota del autor

Un día durante el verano entré en mi aula de muy buen humor. Estaba muy contento, silbando mientras caminaba. Cuando llegué a la clase, hice una broma tonta. Y nadie se rió. Todo el mundo estaba de un humor horrible, ensimismado en su propia vida, su propio trabajo, sus propios problemas.

Obviamente yo ya sabía que la broma no era muy graciosa, pero nadie se molestó en sonreír ni decir hola. Simplemente permanecieron callados y mirando a sus mesas. Mi buen humor inicial se transformó rápidamente en un sentimiento de depresión, rechazo y desilusión. Decidí sentarme en silencio como los demás, pensando en lo rápido que un estado de ánimo puede cambiar.

Comencé a dibujar y, como siempre, no sabía lo que estaba creando, dejando que mi mano creara por sí misma. Resultó ser alguien con una cara muy triste, encorvado, que intentaba trabajosamente acarrear su propio peso. Añadí algunos triángulos a su cabeza al azar y, después de mirar fijamente lo que acababa de hacer, me di cuenta de que parecía un pequeño bufón. Y escribí estas palabras al lado: «El Bufón ha perdido su gracia».

Y así, nació el Bufón.

Es muy poco común que un personaje de tu propia creación acuda en tu ayuda. Sin embargo, eso es exactamente lo que hizo mi Bufón. Durante el otoño de mi último año en Yale se me diagnosticó la enfermedad de Hodgkin,

un cáncer del sistema linfático. Nada más conocer el resultado salí, me senté en la hierba al lado de un árbol y lloré.

Mientras estaba allí sentado llorando reparé en mis sollozos, pensando que sonaban muy parecidos a mi risa. Y de repente, una de las frases que había escrito durante el verano pasado acudió a mi mente: «Aquí estoy tendida, tengo un tumor…¿Y tú me preguntas dónde está mi sentido del humor?». Y fue entonces cuando mi Bufón se me apareció. Literalmente se me aproximó, me puso la mano en el hombro y me dijo con una mirada de preocupación: «David, ¿Cómo es posible que no te estés riendo? Tus lloros suenan igual que tu risa así que, ¿por qué no te ríes en lugar de llorar?». Lo pensé durante un segundo y entonces me repetí la misma pregunta: «¿cómo es posible que no me esté riendo?».

Así que me levanté del montón de hojas secas que me rodeaban, me sequé las lágrimas de la cara, y me marché riéndome de lo tonto y aterrador y maravilloso que este mundo nuestro es.

Él vino en mi ayuda cuando más lo necesitaba, y mi esperanza es que, si tú se lo permites, se hará realidad a través de estas páginas y te ayudará también.

DAVID SALTZMAN

Marzo, 1989

About the Author-Artist

David Saltzman graduated magna cum laude as an English and art major from Yale University in 1989, receiving the David Everett Chantler Award as "the senior who throughout his college career best exemplified the qualities of courage and strength of character and high moral purpose."

Before attending Yale, David went to Chadwick School in Palos Verdes Peninsula in California. It was there that he began his career as a cartoonist with a comic strip called *The Chadwick Chronicles* in which he regularly parodied student life for the school newspaper. He also drew editorial cartoons on local, national and international issues for a *Los Angeles Times* publication distributed to Southern California high schools.

At Yale, he adapted his character "Pops" into a weekly cartoon strip that chronicled the life of a fictitious Yale professor. He also spun off "Pops" into a series of Yale Academic Calendars and drew weekly editorial cartoons for the *Yale Daily News* and the *Yale Herald*.

During his senior year at Yale, David was diagnosed with Hodgkin's disease. For the next year-and-a-half, he kept a comprehensive journal of his thoughts and drawings while completing *The Jester Has Lost His Jingle* and other stories.

In his journal, David wrote, "The best we can do is live life, enjoy it and know it is meant to be enjoyed—know how important and special every time...moment...person is. And at the end of the day say, 'I have enjoyed it, I have really lived the moment.' That is all. All is that. Is. Is is such a powerful word. It's not was or will be. It is IS: Is is alive."

David died on March 2, 1990, 11 days before his 23rd birthday.

Acerca del autor y artista

David Saltzman se graduó magna cum laude en Literatura Inglesa y Arte por la Universidad de Yale en 1989, recibiendo el Premio David Everett Chantler «al estudiante que a través de su carrera universitaria ha representado mejor el coraje, la fortaleza de carácter y los valores morales».

Antes de estudiar en la Universidad de Yale, David fue a Chadwick School en la península de Palos Verdes en California. Fue allí donde comenzó su carrera como dibujante con una tira cómica llamada *Las Crónicas de Chadwick*, donde regularmente parodiaba la vida estudiantil para el periódico de la escuela. También dibujó viñetas en las ediciones locales, nacionales e internacionales de una publicación de *Los Angeles Times* distribuida en las escuelas de bachillerato del sur de California.

Mientras estudiaba en Yale, convirtió a su personaje Pops en una tira semanal que narraba la vida de un profesor de ficción en esa misma universidad. También introdujo a Pops en varios de los calendarios académicos de Yale y dibujó caricaturas para las ediciones semanales del *Yale Daily News* y el *Yale Herald*.

Mientras cursaba su último año en Yale, a David se le diagnosticó un linfoma de Hodgkin. Durante el siguiente año y medio mantuvo un diario detallado con sus pensamientos y dibujos mientras terminaba *El Bufón ha perdido su gracia* y otras historias.

En su diario, David escribió lo siguiente: «Lo mejor que uno puede hacer es vivir la vida, disfrutarla y saber que está hecha para ser disfrutada, saber cuán importante y especial es cada ocasión… cada momento…cada persona. Y al cabo de todo poder decir: "Lo he disfrutado, de verdad he vivido el momento". Eso es todo. Todo es eso. Es. Es es una palabra tan poderosa. No es fue o será. Es ES: Es está vivo».

David murió el 2 de marzo de 1990, 11 días antes de cumplir veintitrés años.

Afterword

Our lives briefly touched. But I remember him among all the eager, talented young people I've bumped into along the way. I remember the face—the enthusiasm—the intelligence and unaffected extraordinariness of David Saltzman. It is difficult to remember all the bright, promising youngsters. It is easy to remember David.

David Saltzman with Where the Wild Things Are *author-artist Maurice Sendak at Yale University in February 1986.*

That he died before his 23rd birthday is a tragedy beyond words. That he managed through his harrowing ordeal to produce a picture book so brimming with promise and strength, so full of high spirits, sheer courage and humor is nothing short of a miracle. Even the rough patches that David the artist would surely have set to right had he been given the time become all the more precious for the wild light they shed on his urgent, exploding talent.

David was a natural craftsman and storyteller. His passionate picture book is issued out of a passionate heart.

David's Jester soars with life.

—**Maurice Sendak**
Author-Artist, *Where the Wild Things Are*

Epílogo

Nuestras vidas coincidieron brevemente. Pero lo recuerdo entre todos los jóvenes llenos de energía y talento que me he encontrado a lo largo de los años. Recuerdo la cara, el entusiasmo, la inteligencia y la grandeza sencilla de David Saltzman. Es difícil recordar a todos los jóvenes brillantes, prometedores. Es fácil recordar a David.

Que David muriera antes de cumplir veintitrés años es una tragedia para la que no hay palabras. Que a través de su terrible calvario fuera capaz de crear un libro ilustrado tan rebosante de promesa y fuerza, tan lleno de vitalidad, de puro coraje y humor es prácticamente un milagro. Incluso los bosquejos que David el artista hubiera seguramente perfeccionado de haber tenido el tiempo, se convierten en algo aún más valioso por la vívida luz que arrojan sobre su apremiante, exorbitante talento.

David fue un artesano y narrador innato. Su apasionado libro ilustrado surge de un corazón igualmente apasionado.

El Bufón de David exulta lleno de vida.

David Saltzman con Maurice Sendak, autor y artista de Donde viven los monstruos, *en la Universidad de Yale en febrero de 1986.*

—**Maurice Sendak**
Autor y artista, *Donde viven los monstruos*

The Jester & Pharley Phund™

It's up to us to make a difference. It's up to us to care.
From *The Jester Has Lost His Jingle*
By David Saltzman

The Jester & Pharley Phund, a 501(c)(3) charitable organization founded in 2000, is dedicated to bringing the joy of laughter and the love of learning to all children, especially those who may be ill or have special needs.

The lessons of hope, humor, charity and strength of character found in *The Jester Has Lost His Jingle* and exemplified by the life of author-artist David Saltzman are the inspiration for The Jester & Pharley Phund.

While we wait for tomorrow's cures, The Jester & Pharley Phund gives today's children hope and laughter as they cope with cancer and other life challenges.

Our award-winning literacy and outreach programs—Reading Makes A Difference™ and Reading to Give™—provide students with the opportunity to show compassion to others by participating in Read-A-Thons that donate copies of *The Jester Has Lost His Jingle* and Jester & Pharley Dolls to ill and special-needs children.

Jester & Pharley Smile Carts™ donated to hospitals, clinics, shelters and other facilities make laughter a part of the healing process. The Smile Cart activity center with audio-visual equipment includes Jester & Pharley books and dolls for patients.

Join us on our mission to help children in need of a smile from The Jester & Pharley.

—**Barbara Saltzman, The Jester's Mom**
President
www.thejester.org

The Jester & Pharley Phund™

Sólo nosotros podemos cambiar las cosas. Está en nuestras manos.
De El Bufón ha perdido su gracia
De David Saltzman

The Jester & Pharley Phund, una organización benéfica 501(c)(3) fundada en el año 2000, se dedica a llevar el placer de la risa y el amor por el conocimiento a todos los niños, especialmente a aquellos que están enfermos o tienen necesidades especiales.

Las lecciones de esperanza, humor, caridad y fortaleza de carácter que se encuentran en *El Bufón ha perdido su gracia* y que el autor y artista David Saltzman ejemplarizó con su vida, son la inspiración para la fundación The Jester & Pharley Phund.

Mientras aguardamos las curas del futuro, The Jester & Pharley Phund da a los niños de hoy esperanza y risa, mientras hacen frente al cáncer y a otros retos en sus vidas.

Nuestros programas premiados de alfabetización, Leer cambia las cosas™ y Leer para dar™, proporcionan a los estudiantes la oportunidad de mostrar com-

pasión hacia los demás, mediante la participación en maratones de lectura que donan ejemplares de *El Bufón ha perdido su gracia* y muñecos del Bufón & Pharley a niños enfermos y con necesidades especiales.

Los Carritos de la Sonrisa del Bufón & Pharley™ que se donan a hospitales, clínicas, refugios y otros establecimientos hacen de la risa una parte del proceso curativo. El centro de actividad del Carrito de la Sonrisa con equipo audiovisual incluye libros y muñecos del Bufón & Pharley para los pacientes.

Únete a nosotros en nuestra misión de ayudar a los niños que necesitan una sonrisa de El Bufón & Pharley.

—Barbara Saltzman, la Mamá del Bufón
Presidente

www.thejester.org